1886. 19 Mars

VENTE

Des Vendredi 19 et Samedi 20 Mars 1886

HOTEL DROUOT, SALLE N° 4

à deux heures.

COMMISSAIRE-PRISEUR	EXPERT
Mᵉ Gustave COULON	**M. E. VANNES**
56, Faubourg-Montmartre.	54, Faubourg-Montmartre.

HOMO ADDITUS NATURAE
IMPRIMERIE DE L'ART

CATALOGUE

DES

TABLEAUX MODERNES

PAR

Bureau, Calame, Corot, Karl Daubigny, David, Delacroix,
De Roy, Diaz, J. Dupré, Gallais, Géricault, Lagrenée, Marilhat,
Moreau, Palizzi, Rousseau, Carle Vernet, etc.

OBJETS D'ART ET DE VITRINE

Montres Louis XIII, XV et XVI, Miniatures,
Éventails, Biscuits, Épingle, Marteau de porte, Gouaches, etc.

Beau Plat en ancienne faïence italienne

AQUARELLES, DESSINS ET PASTELS

PAR

Boucher, Greuze, Gavarni, Lancret, David,
Français, Van Dyck, Sadler, Pradier, Gérôme, Del Sarte,
Véronèse, Charlet, Vernet, Prud'hon.
Gustave Doré, Trinquesse, Watteau, etc., etc.

Deux cents Pastels, Dessins et Études

DE

EECKHOUT (Victor)

Étoffes — Morceaux de Tapisseries

DONT LA VENTE AURA LIEU

HOTEL DROUOT, SALLE N° 4

Les Vendredi 19 et Samedi 20 Mars 1886

A DEUX HEURES

Me Gustave COULON	**M. E. VANNES**
COMMISSAIRE-PRISEUR	EXPERT
56, Faubourg-Montmartre, 56	54, Faubourg-Montmartre, 54

Chez lesquels se distribue le Catalogue, ainsi qu'au *Journal des Arts*,
47, rue Le Peletier.

EXPOSITION PUBLIQUE : Le Jeudi 18 Mars 1886

DE 2 HEURES A 5 HEURES

CONDITIONS DE LA VENTE

Elle sera faite au comptant.

Les adjudicataires payeront *cinq pour cent* en sus des enchères.

L'exposition mettant le public à même de se rendre compte de l'état des objets, il ne sera admis aucune réclamation une fois l'adjudication prononcée.

Paris. — Imp. de l'Art, E. Ménard et J. Augry
41, rue de la Victoire.

DÉSIGNATION DES OBJETS

TABLEAUX

1 — **Anastasi.** — Le Moulin.

2 — **Berthelon.** — Marine; nature morte.

3 — **Bureau.** — Marine. Haut., 30 cent. ; larg., 45 cent.

4 — **Calame (école de).** — Torrent traversant un village.

5 — Paysage formant pendant.

6 — En forêt.

7 — **Collette.** — La Descente du chemin de fer.

8 — **Corot.** — La Charrette. Beau tableau du maître. Haut., 43 cent.; larg., 63 cent.

9 — **Corot**. — Paysage dans un médaillon ovale.

10 — **Corot** (attribué à). — Paysage.

11 — **Couder**. — Panneau de fleurs et fruits.

12 — Panneau formant pendant.

13 — **Daubigny** (**Karl**). — Le Tréport. Haut., 94 cent.; larg., 1 m. 85 cent.

14 — Marine. Haut., 35 cent.; larg., 55 cent.

15 — Paysage. Haut., 30 cent.; larg., 38 cent.

16 — **David** (école de). — Hélène et Pâris.

17 — **Delacroix** (école de). — Faust et Mephisto-phelès.

18 — **De Roy** (**J. B.**). — Moutons au bord d'un lac.

19 — **Diaz** (école de). — Jeunes Femmes dans un parc.

20 — **Dupré** (école de). — Petit paysage.

EECKHOUT (Victor)

21 — Visite au pacha. Importante composition.

22 à 68 — Quarante-sept Études. Vues et Études d'Orient.

69 — **Gallait.** — Tête de jeune femme.

70 — **Géricault.** — Cheval.

71 — **Innocenti.** — Le Colin-Maillard.

72 — La Bonne Aventure.

73 — La Halte du mousquetaire.

74 — Pendant du précédent.

75 — **Lagrenée.** — Composition mythologique.

76 — **Marilhat.** — Forêt de châtaigniers.

77 — **Moreau (G.).** — Marine.

78 — **Palizzy.** — Grand paysage.

79 — **Picou.** — L'Amour aiguisant ses armes.

80 — **Rousseau (Philippe)**. — Pivoines.

81 — **Rousseau (Théodore)**. — Étude faite en Franche-Comté.

82 — **Rousseau (école de Théodore)**. — Paysage. Soleil couchant.

83 — **Vernert (Job)**. — Promenade nocturne.

84 — **Vernet (Carle)**. — Le Marché de Poissy.

85 — **Verlot**. — Homme en costume oriental.

86 — **Veron (A. R.)**. — Paysage. Haut., 60 cent.; larg., 91 cent.

87 — **Inconnu**. — Vierge à l'enfant.

88 — **Inconnu**. — L'Accolade.

89 — Le Moulin.

90 — **Tartarat**. — Chien de chasse.

PASTELS ET GOUACHES

91 — **Bouquet**. — Paysage dans un cadre ovale.

92 — Paysage formant pendant.

93 — Jeune Femme rêvant au bord de la mer.

94 — Jeune Fille portant des fleurs.

EECKHOUT (Victor).

95 à 203 — Cent neuf pastels. Études diverses. Paysages. Marines. Études de têtes, etc., etc.

204 — **Lallemand**. — Paysage avec figures. A la gouache.

205 — **Fragonard (d'après)**. — A femme avare, galant escroc. Gouache. Charmante composition faite pour les Contes de La Fontaine.

DESSINS — AQUARELLES
GRAVURES

206 — **Boucher**. — Tête de jeune fille. (Sanguine.)

207 — **Boucher**. — Femme couchée. (Sanguine.)

208 — **Greuze**. — Étude pour la tête du fiancé dans l'Accordée de village. (Sanguine.)

209 — **Greuze**. — Tête d'homme de profil. (Sanguine.)

210 — **Greuze**. — Tête de forçat. (Sanguine.)

211 — **Greuze**. — La Douleur. Signée. (Sanguine.)

212 — **Watteau (genre de)**. — La Déclaration. (Sanguine.)

213 — **Gavarni**. — Homme en costume de carnaval. (Aquarelle.)

214 — **Hamon (J. L.)**. — Figure allégorique,

215 — **Whil (fils)**. — Petite Fille coiffée d'un bonnet. (Sanguine.)

216 — **Français ?** — Villa romaine. (Aquarelle.)

217 — **David (S.)**. — Philosophe.

218 — **Van Dyck**. — Portrait du peintre Martinus Rychart, avec la gravure ; vient de la vente de Vos. Amsterdam, 1883. (N° 155 du catalogue.)

219 — **Sadeler**. — Le Roi Cadmus. (Sanguine.)

220 — **Pradier**. — Saint Michel.

221 — **Gérôme** ? — Italienne.

222 — **Véronèse** (**P.**)? — Sujet religieux. (Sanguine.)

223 — **André del Sarte**. — Étude à la plume.

224 — **Géricault**. — Taureau attaqué par des chiens.

225 — **École italienne**. — Martyr, au bistre.

226 — **Norblin** (**père**). — Composition au bistre.

227 — **Schall**. — La Surprise. (Gravure en couleurs.)

228 — **Charlet**. — La Déclaration ridicule.

229 — **Vernet** (**Carle**). — Mon beau basilic, mon bel œillet. (Gravure en couleurs.)

230 — **Doré** (**Gustave**). — Bohémiennes espagnoles. (Dessin à la plume.)

231 — **De Gheyn**. — Femme et Enfant. (Dessin à la plume.)

232 — **Prud'hon ?** — Jeune Fille nue jusqu'à la ceinture. (Sur papier bleu rehaussé de blanc.)

233 — **Flandrin**. — Tête d'ange. (Étude pour la décoration de Saint-Vincent-de-Paul.)

234 — **Greuze**. — Tête de jeune fille coiffée d'un bonnet. (Sanguine.)

235 — **Lancret**. — Figure d'homme couché. (Sanguine.)

236 — **Watteau (de Lille)**. — Joueur de violon.

237 — **Watteau (Antoine)**. — Scapin assis. (Sanguine.)

238 — **Durer (Albert)**. — Saint Christophe traversant l'eau.

239 — **Rubens (P. P.)**. — Figures allégoriques.

240 — **Snyders**. — Dessin à la plume.

241 — **Trinquesse**. — Jeune Femme assise, coiffée d'un chapeau à plumes. (Sanguine.)

242 — **Bonington**. — La Maîtresse du peintre. (Aquarelle.)

243 — **Boucher.** — Tête de jeune fille. (Sanguine.)

244 — Un lot d'autographes de Mme de Pompadour.

245 — Un lot de gravures, dessins, eaux-fortes, etc.

246 — **Gallait** (**Louis**). — Aquarelle.

247 — **Landelle** (**Ch.**) — Aquarelle.

248 — **Raffet.** — Nombreuses lithographies ayant trait au Voyage en Orient, le Siège de Rome, Voyage en Russie, les Châteaux de France, le Maine et l'Anjou, etc., etc.

249 — Belles gravures anglaises et dessins divers.

MINIATURES

250 — Jeune Bergère en costume Louis XVI, coiffée d'un large chapeau chargé de fleurs, dans un cadre ovale en cuivre.

251 — Robert Macaire et Bertrand, petite peinture
à l'huile.

252 — Deux médaillons, peintures à l'huile dans le
goût de Lantara.

253 — Portrait de femme. Époque Empire.

254 — Tabatière en écaille ornée d'un fin paysage
du xviiie siècle.

255 — Autre tabatière ornée d'une peinture à
fleurs.

256 — *Très beau plat* en ancienne faïence italienne
à fond bleu, décoré sur engobe, au centre du
plat, d'une scène à personnages tirée de l'His-
toire romaine. Ce motif est séparé du marli par
une bande, décoré, en blanc sur blanc, de fines
arabesques ; sur le marli, en bas, est un écusson
de gueules, chargé de six besants d'or, posés
un, deux, deux et un, surmonté d'un chapeau
chargé de trois plumes et accolé de deux dau-
phins supportant des Amours ; sur le pourtour,
des femmes portent des corbeilles surmontées
d'Amours affrontant un autre écusson semblable
à celui du bas. Le revers du plat est à quatre
cycles gros bleu, à semis de fleurettes, et sur le

fond se voient, en gros bleu, les deux initiales
P. A., très largement tracées. *Pièce de collection.*

OBJETS D'ART — BOIS SCULPTÉS

257 — Christ en ivoire.

258 — Beau marteau de porte en bronze de la
Renaissance italienne.

259 — Petite paire d'agrafes en forme de lyres,
d'époque Louis XVI.

260 — Montre d'époque Louis XIII en argent ciselé
et repercé, dans sa double boite en cuivre
gravé, et cerclée d'argent.

261 — Médaille romaine en or, montée en épingle.

262 — Groupe en biscuit du xviiie siècle, composé
de trois figurines.

263 — Médaillon en ivoire, portrait de Marie-Antoinette.

264 — Éventail d'époque Louis XVI, à feuilles
peintes.

265 — Autre éventail. Époque Louis XV.

266 — Monture d'éventail en nacre repercé.

267 — Médaille en bronze et entrées de serrures.

268 — Entrée de serrure Renaissance en bronze avec traces de dorure du temps.

269 — Jolie montre d'époque Louis XV en or ciselé.

270 — Montre en or d'époque Louis XVI, cerclée sur la face d'un rang de perles, et ornée au revers d'un émail à fond bleu sur lequel se détache une Cérès en miniature, cerclée de perles fines.

271 — Trois poignards. Cinq tasses. Travail oriental.

272 — Croix en or ornée de six améthystes.

273 — Console demi-ronde en bois sculpté et doré d'époque Louis XVI à galerie ajourée, les pieds sont reliés par un croisillon orné d'un vase et de guirlandes fleuries, le marbre blanc est à gorge.

274 — Trumeau d'époque Louis XV. Le cadre en bois contient en haut une peinture et en bas une glace.

275 — Nombreux cadres anciens en bois sculpté et redorés. (Ce lot sera divisé.)

276 — Belle console en bois sculpté et doré avec son marbre.

TAPISSERIES

277 — Deux morceaux carrés, dont le milieu est décoré *au petit point* de personnages.

278 — Dossier de fauteuil en tapisserie d'Aubusson, d'époque Louis XV, l'écusson central a deux personnages allégoriques.

279 — Fond de siège et trois morceaux en tapisserie au point.

280 — Bandeau d'autel en satin blanc moiré réappliqué en soie et en or d'un Saint-Esprit au centre et aux extrémités de bouquets de fleurs.

281 — Écran au petit point, vase de fleurs au centre, sur fond bouton d'or.

282 — Fond et dossier de fauteuil Louis XIII, fond
jaune en tapisserie au point.

283 — Trois morceaux et un manipule.

284 — Cinq bandes à personnages, en ancienne
tapisserie. (Ce lot sera divisé.)

9 782329 352305